衛斯理系列 少年版 22
烈火女

作者：衛斯理

文字整理：耿啟文

繪畫：鄺志德

U0122676

老少咸宜的新作

　　寫了幾十年的小說，從來沒想過讀者的年齡層，直到出版社提出可以有少年版，才猛然省起，讀者年齡不同，對文字的理解和接受能力，也有所不同，確然可以將少年作特定對象而寫作。然本人年邁力衰，且不是所長，就由出版社籌劃。經蘇惠良老總精心處理，少年版面世。讀畢，大是嘆服，豈止少年，直頭老少咸宜，舊文新生，妙不可言，樂為之序。

倪匡　2018.10.11　香港

主要登場角色

白素

紅綾

衛斯理

藍絲

猛哥

良辰美景

第五十一章

蠱苗來訪

　　紅綾一時*任性*，帶着兩頭靈猴出走。白素駕駛直升機去找她時，發現了身體會冒火的人。由於地勢險峻，直升機無法降落，所以白素先返回藍家峒，再徒步去追蹤那身體會冒火的人。

　　我擔心白素的處境有危險，禁不住**埋怨**十二天官：「你們明知她對苗疆的地形不熟悉，怎麼不阻止她？」

　　十二天官現出**委屈**的神情，其中一個小老頭說：「我們怎阻得住她？我們曾和她有過激烈的爭吵，這兩個小姑娘也看到的。」

良辰美景馬上點頭，「是啊，白姐姐的態度很**堅決**。」

「你們明知扭不過她，她一走，也該有人*悄悄*跟在她的後面才好。」

我覺得自己這樣説十分有理。可是十二天官一聽，卻現出了十分驚恐的神情，吞吞吐吐地説：「我們……**不**

敢……冒犯神仙。」

我恍然大悟了，他們和白素的爭吵，更多是在於他們不認同白素去冒犯神仙。

但現在不是埋怨的時候，我揮了揮手說：「算我沒說過。那險峻的地方，怎麼去？她說了沒有？她是從哪一個  去的？」

只見十二天官大眼望小眼，答不上來，他們雖然各有一身超群的武功，可是頭腦**簡單**，生活質樸，和一般苗人無異。

藍絲這時説：「她既然覺得能徒步去追，發現『神仙』的地方應該不會很遠，我們駕駛直升機繞着藍家峒**打轉**，慢慢向外搜索，説不定就能找到她。」

雖然這個辦法聽起來有點笨，可是我們也想不到更好的方法了，我立刻揮手道：「走。藍絲，你對附近的地形熟，和我一起去。」

紅綾和良辰美景立刻嚷着要去，我想了一想，覺得她們都各有能耐，在**蠻荒**探險是極好的幫手，所以我點頭道：「好，這就走。」

我們向直升機走去之際，忽然響起了一陣刺耳的**嗚嗚聲**。十二天官和藍絲一聽到，面色驟變，變得緊張

而警惕，個個凝立不動。

　　不止他們，而是我眼前所見的藍家峒人，也個個凝立不動。

　　那嗚嗚聲維持了十來秒，藍絲看到我疑惑的神色，便沉聲道：「有**陌生人**來了。」

　　藍家峒和別的苗峒一樣，不太歡迎陌生人前來。這時，竹子製成的號角聲略停之後，又響了起來，十二天官和藍絲的**面色**更難看，我也不禁緊張地問：「來的是什麼人？」

　　竹號聲起伏不已，那顯然帶着一種「**信息**」，我卻不懂。紅綾看到人人不動，很不耐煩，我連忙抓住了她的手，示意她不要亂動。

藍絲壓低了聲音說：「有三個**蠱苗**，來求見峒主。」

這時，身形又高又瘦的峒主，在幾個人的簇擁下走了過來。

藍家峒人如此緊張，自然有其理由，因為蠱術神出鬼沒，防不勝防，如果對方是敵非友，那是天大的**麻煩**，雖然藍絲的降頭術也出神入化，但雙方爭鬥起來，總不是好事。

看到峒主神情極其惶急，我馬上說：「不必怕，我和蠱苗有交情，他們的族長猛哥，是我的**好朋友**。」

此言一出，大家都用難以置信的目光望定了我，幾乎歡呼起來，峒主身邊的一個人，取出竹號來吹，聲音**嘹亮**。

峒口處的竹號聲也傳來，藍絲說：「他們來得好快。」她望向我，似是請求我走在前面，陪他們去**迎接**來客。

　　我點了點頭，仍然握着紅綾的手，與峒主、藍絲和十二天官一起向峒口走去。

　　苗峒大多數都有一個十分險要的入口，不易發現，以防外人打亂了他們 平靜 的生活。藍家峒若不是自天而降的話，就要通過一道很狹窄的峽谷，才能到達。

　　我們一行人到了峽谷口，有一道水流很急的 溪水 橫過，這時已看到三個人，正涉水過溪而來。在水花四濺之中，看出這三個人都穿着藍白色衣服，那正是蠱苗最喜歡的衣料。

　　三人身手敏捷，在寬闊的溪澗上竄來跳去，落腳之處，都踏在溪中的石塊上。不一會，他們已過了溪，一人在前，兩人在後，向前大踏步走來。我很快已認出，走在最前面的，正是蠱苗的族長 猛哥。

　　我和猛哥多年沒見，他自然變了很多，可是精悍依

舊。我心中暗暗驚詫，不知是什麼事，要猛哥**親自出馬**？

這時，在猛哥身後的兩個人，已各舉起了一支竹竿，竹竿上綁着幾條顏色絢爛的**絲帶**。峒主一看，就失聲道：「是他們的族長。」

我這才知道，那是猛哥表示身分的標誌。剎那間，和猛哥相識的經歷一下子湧上心頭。我十分**激動**，大聲叫着：「猛哥！」

猛哥看到我，也大叫了一聲：「衛斯理！」

我們互相奔過去，興奮地擁在一起，互相**拍打**着對方的背，然後分開來，仔細地看着對方。

猛哥的漢語説得極流利：「衛斯理，你怎麼會在這裏？我不是在做夢吧！」

我笑道：「説來話長。」

這時，峒主和十二天官也圍了上來，我為他們互相引見，十二天官的來歷很是 **隱晦** ，我不知道他們是否喜歡人家提起他們的來歷，所以只說他們是峒中十分重要的人物。

接著，我向藍絲招手：「小藍絲，你過來，你在 **外國**

學降頭，非好好向猛哥叔叔請教不可。」

藍絲笑容滿面來到近前，向猛哥行了一個禮：「所有 **降頭 💀 師** ，都知道猛哥叔叔的大名，而且衷心佩服。」

猛哥笑道：「太客氣了，我們相傳的蠱術，遠不及降頭術 ✦**博大精深**✦——」

猛哥打量着藍絲，當視線落在藍絲大腿上的刺青時，突然住了口，現出非常**古怪**的神情來。雖然那種古怪神情一閃即逝，可是沒有逃過我的眼睛，而我相信藍絲也留意到了。

藍絲大腿上的刺青，一邊是一條蜈蚣，一邊是一隻蠍子，看來雖然十分怪異，但猛哥身為蠱苗族長，什麼刺青沒見過？理應**見怪不怪**。

　　我立時想起，十二天官是在河上發現藍絲的，藍絲那時才出生沒多久，但腿上竟然已有**刺青**，他們認為藍絲是蠱神的女兒，於是收養了，還送她去學降頭術。

　　如今猛哥看到了藍絲大腿上的刺青，現出那個驚訝的神色，難道他知道什麼**內情**？

　　我心中充滿了疑問，以致沒有聽到猛哥接下來所說的**客套話**，只看到藍絲在剎那間也現出了古怪的神情，顯然她心中也有着許多疑問。

　　我向藍絲使了一個眼色，示意我所察覺到的和她一樣，請她稍安毋躁，現在不是發問的時機，但我一定會幫她在猛哥口中問個**水落石出**的。

第五十二章

一個找了十幾年的男人

我向猛哥引見良辰美景，猛哥向她們伸出雙手來，她們連想也不想，就與猛哥**握手**。

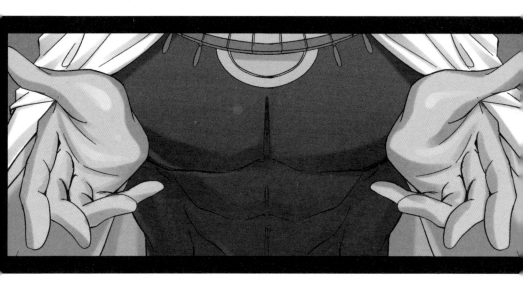

　　猛哥握住了她們的手，用力連搖了三下，大聲道：「太

有趣了。」

　　我深知猛哥不會無緣無故和她們握手，必然是在握手

之際，下了什麼對她們**有利的蠱**，令她們得到了大大

的好處。

　　可是問良辰美景有什麼感覺，她們卻說不出來；問猛

哥，猛哥笑而不答，只說：「她們明知我是蠱族的族長，

竟毫不猶豫就和我握手，真是**勇氣**可嘉。」

　　我們都不禁哈哈大笑，接著，我把紅綾拉過來，對猛哥說：「你再也想不到，這是我的女兒，自小被人帶到了苗疆，是由一群*靈猴* 養大的。」

　　猛哥聽了我的話，現出難以置信的神情，接著問：「靈猴？就是在高山絕頂生活的那種？聽說是 ✦神仙✦ 所養的。」

　　猛哥這句話讓紅綾大是高興，連連點頭。

猛哥向我望來，顯然想知道當中的來龍去脈，我不禁**長嘆**一聲説：「一言難盡，但總會説給你聽的——你遲來一步，也見不到我，我有極緊急的事要趕着去辦。」

猛哥伸手拉住了我，「我的事也很重要，你得幫我。」

猛哥在這樣説的時候，神情焦切，而且不由自主地向藍絲**望**了一眼。

我心中大是疑惑，猛哥身為蠱苗族長，在**幅員千里**的苗疆之中，還會有什麼事難倒他？

我提出了這個疑問，猛哥竟然也一聲長嘆：「説來話長。」

剛才我説「一言難盡」，這時他説「説來話長」，我倆真是**難兄難弟**。

峒主直到這時才插上一句話：「請進峒喝酒。」

猛哥點了點頭，仍然拉着我的手不放，「我在找一個人，找了**很久很久**。你要幫我。」

「好，我也趕着去找人，要不你和我一起去？」我說。

　　猛哥點頭同意，我於是有了新的**部署**：「藍絲對附近的地形熟，跟我一起走。良辰美景和紅綾留在藍家峒，若意見不合，盡可以吵架打架，但不准説走就走，要等我回來。」

　　良辰美景卻緊張地説：「不行。我們原定只來玩幾天的，還要趕回去 上課 。要是你像白姐姐那樣，一去……好幾天，我們怎麼辦？你要帶我們走。」

　　「可是我們趕着去 找人——」

　　良辰美景顯然是早就想好了的，我話還沒説完，她們已提議：「你送我們到那山頭去就行，那裏不是有一架直升機嗎？我們就駕駛那架直升機**離開**，也耽誤不了你們找人。」

　　我一想，她們的話也有道理，就點了點頭。這時紅綾撅着嘴説：「我也要去。」

「你去幹什麼？」

「我要去**找媽媽**。」

紅綾說了這句令我無法再拒絕她的話，我鼻子一酸，感動地點頭。

我們一起向峒內走去，我告訴猛哥，我們要去找白素。猛哥帶來的兩個隨從，無法擠得上直升機，只好留在峒中，峒主和十二天官自會慇勤**招待**他們。

我們一行人擠進了直升機，猛哥在我的身邊，四個女孩擠成一團。藍絲顯然心事重重，一言不發，良辰美景也很**沉默**，紅綾很少主動和別人說話，對她來說，語言其實還不是她的生活內容。所以，在飛到那個山頂的途中，只有我一個人在說話，把何以要去尋找白素的**來龍去脈**，說給猛哥聽。

到了那山頂，那架借來的直升機還在。我們放下了良辰美景，看着她們駕駛直升機離去，又跟了她們一會，估計沒有問題了，才放心去找白素。

直升機由藍絲駕駛，繞着藍家峒飛。我教紅綾怎樣使用望遠鏡去**搜** **索** 她媽媽的蹤影，紅綾很高興自己有事可做。而望遠鏡所看到的影像，會傳送至我們面前的一個 屏幕 ，所以我們隨時能看到。

我繼續和猛哥交談，我問：「猛哥你要找的是什麼人？」

「一個**男人**。」猛哥苦笑，「我只知道自己要找的，是一個男人，可是這男人是長是短，是圓是扁，是老是少，我一概不知。」

我聽得一頭霧水，再問：「這個男人你找了多久？」

猛哥又苦笑，「**十多年**了。」

他這個回答，着實讓我吃了一驚，並不是因為他找了那麼久還找不到，而是他居然這麼有**毅力**，找了十年沒找着，還繼續找，可知他要找的這個人，非常重要。

猛哥繼續説：「因為覺得是自己的事，不想麻煩別人，所以一直都是我自己一個人去找。可是一找就是十幾年，還是沒找到，我才終於決定**硬着頭皮**，去請其他苗峒的人幫忙，尤其是藍家峒。」

猛哥還説自己為了找人，每年有一大半時間在苗疆周遊列國，到過的地方可真不少，也曾和傈僳人**打交道**，聽説過烈火女的事。他説：「我對烈火女所知有限，只知道……有一雙漢人男女，曾在烈火女的山洞居住過，好像還生了**孩子**。這都是聽我父親説的。」

我整個人直跳起來，藍絲也不由自主地發出了「**啊**」的一聲。

猛哥大是詫異，「怎麼了？我說錯了什麼？」

「不。不。只是我感到太意外了。」我大口喘了幾口氣之後，問他：「那漢人叫 **陽光土司** ？」

猛哥「啊」地一聲，「你也聽說過？這人姓白，是一個大大的 **好漢**。」

我剛想告訴他，我和陽光土司的關係，他又嘆了一聲：「唉，再也想不到，這個人害我在苗疆 **奔波** 了那麼多年。」

猛哥這句話使我摸不着頭腦。

猛哥口中的「 **這個人** 」，自然是指陽光土司，即是白老大。白老大帶着一雙子女離開苗疆的時候，猛哥就算和我同年，那時也不過三歲。

而白老大自那次離開苗疆之後，好像也沒有再來過，那又怎麼會害猛哥在苗疆奔波十多年呢？

我吸了一口氣說：「世事真**湊巧**，猛哥，你說的那個陽光土司，正是我的岳父。他的女兒，就是紅綾的母親白素，正是我們要去尋找的人。」

猛哥張大了口，神情如在**夢幻**之中。

我又說：「他帶着兒女離開苗疆很久了，怎麼會累你在苗疆奔波那麼多年？」

猛哥呆了半晌，才連聲感嘆：「世界真**小**，真的小。」

「先別感嘆，快說究竟。」我這時實在心急無比，因為我以為在《探險》和《繼續探險》之後，白老大的角色應該已經*淡出*了，怎想到原來還有許多秘密是我和白素不知道的。

猛哥又嘆了一聲，「事實上，不能說是他累了我，但事情*多少*和他有關係。」

我深吸一口氣，等他進一步解說。

他伸手在臉上抹了一下，這時我才注意到他的五隻指甲，竟然呈現五種不同的 顏 色 。

他說：「這姓白的好漢——」

我插了一句：「江湖上都尊稱他『✨白老大✨』。」

猛哥點了點頭，「白老大早年，曾到過苗疆，想尋找傳說中的——✨苗疆寶藏✨。」

第五十三章

一願神蟲

　　白老大當年去苗疆尋找傳說中的苗疆寶藏，這件事我從未聽說過。可能是由於後來在苗疆發生的事，實在令他太傷心，所以他都不願提起。而所謂傳說中的「苗疆藏寶」，就和傳說中的 \$所羅門王\$寶藏\$ 一樣，都是虛無縹緲的事，不必深究。

　　我有興趣知道的是：「哪一年發生的事？」

　　猛哥連想也不用想，就回答：「是我出生那一年。」

　　我和猛哥 **同 年**，那就是說，在白素出生之前三年，白老大已經進過苗疆，那應該是他大鬧哥老會總壇之前兩年，可知他對苗疆十分熟悉。一想到這裏，我又突然

想起一件事來。白老大有一隻翠綠色的 **甲蟲**，似是蠱苗的東西，他把那綠色的甲蟲送給了陳大小姐，陳大小姐又讓人帶到了成都，給她妹妹當五歲的 **生日禮物**。

我曾見過那隻甲蟲，是陳二小姐帶來給我，請求我到苗疆去幫她找陳大小姐。我當時陰差陽錯沒有答應她，她與那位姓何的壯士就 **不告** *而別*，後來也沒有了他們的音信。

那隻不知名的翠綠色甲蟲，白老大一定是得自蠱苗的。一想到這裏，我就問：「白老大有一隻 **綠色** 的甲蟲，好像是你們那裏來的？」

猛哥先是震動了一下，然後伸手入懷，取出了一個 **白銅盒子** 來，打開給我看。盒子中就有一隻翠綠色的甲蟲，和陳二小姐曾展示給我看的那隻一樣。

我點頭道：「對，就是這一種。」

正在駕駛的藍絲，也轉過頭來看了一下，失聲道：「啊，這是……『**一願神蟲**』？」

我曾問過藍絲，這種翠綠色的蟲代表什麼，她説不知道，因為各種各樣的昆蟲，大多都應用在降頭術和蠱術中。但這時，她**第一眼** 👁 就認出這蟲叫「一願神蟲」，那表示這種蟲大有來歷。我知道藍絲是這方面的**行家**，她自己就曾送過「引路神蟲」給溫寶裕。

猛哥揚了揚眉，讚上一句：「好眼光。」

藍絲望了我一眼，**欲言又止**。猛哥説：「不但『就是這一種』，而是『就是這一隻』。」

我一時之間不明白猛哥的意思，藍絲向我講解：「這種一願神蟲，極其罕見，猛哥叔叔的意思是：『只有這一隻，**來來去去**，就是這一隻。』」

我立時向猛哥望去，猛哥點頭。

就是這一隻——白老大給了陳大小姐，陳大小姐給了她妹妹，陳二小姐帶入苗疆，如今又在猛哥手中。

那說明了什麼呢？說明陳二小姐進了苗疆之後，曾見過猛哥。

陳二小姐（韓夫人）進入苗疆之後的 *行蹤*，我們一無所知，是不是可以藉此揭開？她是白素的阿姨，我們當年沒有答應幫助她，一直耿耿於懷，自然十分迫切想知道她的消息。

我指着那蟲說：「據我所知，這蟲最後落在一個**少婦**的手中，那少婦是——」

要解釋陳二小姐和我之間的關係，可真複雜無比，所以我說到這裏，略頓了一頓。

猛哥馬上疾聲問：「你*認識*那女人？」

　　我點了點頭，猛哥的反應很怪，向藍絲盯了一眼，接著又向我使了一個**眼色**，表達的意思是：「等藍絲**不在**的時候再告訴我。」

　　這令我摸不着頭腦，照說藍絲和猛哥之間本來互不相識，何以猛哥在藍家峒外一見藍絲就神情大異，而此刻說話又如此**吞吐**？難道藍絲和猛哥之間也有什麼牽連？

正在駕駛的藍絲忽然問：「怎麼都不說話了？」

紅綾反問：「為什麼要說話？」

她天真直率的一句話，逗得我們笑了，使剛才那種**異樣**的氣氛暫時消失。

猛哥問我：「告訴我那個少婦的事。」

我想了一想，說：「她是白素的**阿姨**⋯⋯」

我把和陳二小姐（韓夫人）會面的事，簡略地講了一遍，最後說：「我告訴她，一入苗疆，不論見到什麼苗人，只要取出這隻**蟲**來，就一定會有人幫助她。她找上門來了？」

猛哥沒有回答我的問題，反問道：「你是說，她是和一個男人一起上路的？」

「是，那男人是她亡夫的手下，叫何先達，會武術，是一個**江湖人物**。」

　　猛哥的眉心打着結，雙手按住了臉，足有好幾分鐘，才再説：「那陳二小姐沒有找上門來，卻在臨死之前，叫我**撞見**了。」

　　一聽到「臨死之前」這四個字，我不禁「啊」地一聲叫了出來，一時之間天旋地轉。

　　她死了？她是怎麼死的？以猛哥對蠱術出神入化的造詣，只怕沒有救不活的病。

我心中滿是疑問，正想問猛哥時，紅綾突然大叫：「我看到一些東西了！」

我們立刻望向屏幕，只見在濃密的樹葉之中，有一個**人影**閃了一閃，迅即又不見了，連是人是猴也看不清楚。緊接着，又有一個人在樹葉的空隙中現出身影，也在急速地前進。我和紅綾登時**叫**了出來，我叫的是「白素」，紅綾叫的是「媽媽」。

雖然影像不太清楚，但我和紅綾對至親的人的感覺絕不會錯，白素顯然正在**追逐**着一個人。

我望向猛哥，在徵求他的意見，因為若論對苗疆的熟悉，自然以他為最，連藍絲也不及他。

猛哥**果斷**地説：「下去。」

紅綾立刻叫：「我也去。」

我自然也是非下去不可，藍絲沒有説什麼，只是把直

升機再降低，艙底的一個門打開，**鋼索**縋下去，我首先出了艙，紅綾跟着來。

我到了鋼索的盡頭，雙手鬆開，向下落去，雙足踏在一根樹枝上。那樹枝竟然「啪」地一聲折斷，我身子一歪，眼看要**跌倒**了，就在這時，紅綾趕到，一伸手扶住了我。

剎那之間，我只覺得一股**暖流**流遍全身，第一次嘗到讓自己女兒扶了一把的滋味。

這時，猛哥也下來了，我們三人一起沿大樹落到地面去。

估計我們從看到白素到落下來，已花了十分鐘。而以白素和那人的追逐**速度**來看，他們早已奔得老遠了。所以我立刻用通信器和藍絲聯絡：「藍絲，請你在空中留意，一有**發現**就通知我們。」

藍絲答應着，我們可以聽到直升機在上面盤旋的聲音，三個人就向着白素追逐的方向奔去。

奔出幾百米後，紅綾已越過了我和猛哥，奔在最前面。我靈機一動，大聲道：「紅綾，叫**媽！**」

她隨即照做，吼叫一聲，當真不失女野人的本色，林中的小動物紛紛**亂竄**，連四面峭壁都隱隱起了回音。

我想，白素追的人再重要，也不及自己的女兒要緊，所以我才吩咐紅綾大叫。我知道，白素一聽到女兒的**叫喚聲**，必然會趕來和我們相會的。

第五十四章

驚人的骸骨

　　林中樹木茂盛，紅綾像是知道白素的去向一樣，在林子中**左穿右插**，一面叫，一面飛快地向前奔。

　　不一會，在紅綾的叫聲中，聽到了另一股聲音，叫的是：「紅綾！紅綾！」

　　兩股聲音迅速地自遠而近，終於聚在了一起。

　　儘管母女倆在意見相左的時候各不相讓，但此刻兩人緊緊**相擁**的情景，沒有人會懷疑她們不是血肉相連的母女，真叫人感動。

紅綾緊抱着白素說：「**媽媽**，我來找你，我找你來了。」

白素心情激動得出不了聲。

我和猛哥到了近前，白素和紅綾才分了開來，我指着猛哥，只說了他的**名字**，白素就立即知道他是什麼人了。

我對白素說：「猛哥有些經歷和你有關，但容後再談，先說說你發現了些什麼？」

白素聽說猛哥的一些經歷和她有關，不禁有點驚訝。但她沉得住氣，與紅綾**手拉手**向前走，我和猛哥跟着，她一面走一面告訴我們：「上次，我駕駛直升機出來找紅綾，在這一帶附近，發現了一個人，那人的身上會**冒火**。」

我忙問：「你在半空之中看得清楚？有可能是一個人，站在一堆篝火旁邊，所產生出來的**錯覺**。」

　　白素的語氣頗為肯定：「是那人身上冒火，一下子有，一下子沒有，他很可能就是 外星人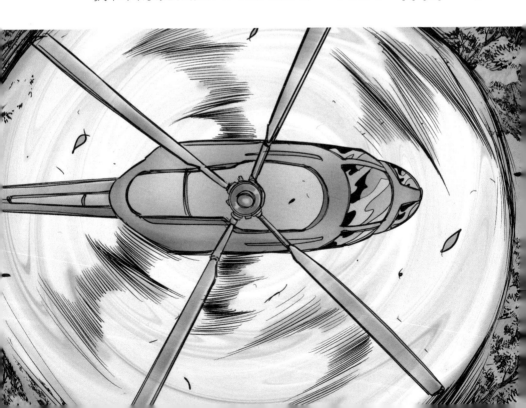。」

　　猛哥皺着眉，聽得不太懂，因為所有一連串發生的事，實在太複雜了，後來有機會才向他詳細解說。

　　只是紅綾問了一句：「什麼是外星人？」

　　我和白素竟然異口同聲地回答：「就是 神仙 。」

在「外星人」和「神仙」之間劃上等號，敘述起來就方便得多了。白素繼續說：「我開着直升機追他，那人**時隱時現**，有時身上冒出一大團火，有時又連煙也沒有一絲。我心知追不上他，直升機又無法降落，只好先回藍家峒。」

我接上去說：「你把這情形告訴了十二天官，他們認為你不應該去冒犯神仙，然後呢？」

「我堅持己見，離開了藍家峒，認定方向，一直找到前面那片**山崖**，在那山崖之中，發現了一個山洞——」白素說到這裏停了一停，向前一指，循她所指看去，可以看到一片拔地而起的山崖。白素向猛哥望了一眼，「苗人可有**集體**葬在山洞之中的習俗？」

猛哥苦笑道：「苗疆之中，有上千種苗人，各有不同習俗，我也弄不清那麼多。」

我忙問：「怎麼了？那山洞中，有許多**骸骨**麼？」

白素點頭，「我進了那山洞，正在詫異，忽然感覺到另外有人要進洞來。我回頭一看，只見**一團火**。而在耀眼的火光中，分明有一個人。估計那人也看到了我，他轉身就逃，等我追出去的時候，他身上已沒有了火，但奔得

飛快，我根本看不清他，只見到一個**快速**的身影，就追了出去——」

說到這裏，我們一行人已到了那山崖，在白素的帶領下攀上去。

在那山崖離地大約十多米處，有一株大樹斜斜地伸了出來，樹上竟然搭了一間**竹木相雜**的屋子，難怪當時引起了白素的好奇，走進了就在屋子旁邊的山洞去看看。

這時紅綾亦大感好奇，一下子就**竄**進了那屋子之中，然後很快又探出頭來叫：「什麼也沒有。」

她說着又竄了出來。這時我們也到了，一起進入山洞。白素亮着強力電筒，光芒所及之處，可以看到三四十具骸骨，相當完整，全是**焦黑色**的，整齊地平躺着，看來都很細小，像是**少女**的骸骨。而那種焦黑色，顯示她們全是燒死的。

猛哥一看到這種情形，立時就問：「什麼火能把人燒成這樣子？」

他問得十分好，苗人中也有火葬的習俗，猛哥自然看過焚燒後的屍體，我一看到那些骸骨，也有同樣的疑問。

如果把一具屍體火化，結果一定是燒成一團焦炭，骸骨不可能保持完整，有一部分骸骨完整，已經很不錯了，更多的情形之下，是燒成了骨灰。

但是那三四十具骸骨，連手指骨都是完整的，我想了一想，推測道：「那是溫度極高的火，在極短的時間內，把人體的柔軟部分都化成灰燼，但是骨骼部分卻完整地保留了下來。」

說到這裏，我突然想起，這些骸骨看來都是屬於少女所有，而烈火女在十五歲當選，十八歲就要被火燒死，那麼，這些骸骨會不會就是經過焚燒的烈火女？

我驚愕地望向白素，白素點了點頭説：「我想的和你一樣，這是**歷代**烈火女的遺骸。」

她接着分析道：「那樹上的屋子，估計是那個身體會冒火的人居住的，不論他只是*偶然*發現了這些骸骨，還是一直負責看守這個山洞，他所知道的，一定比我們多。」

「那你準備怎麼辦？」我問。

「我準備在這裏**等**他出現。」白素説。

我想了一想，對着通信器説：「藍絲，你聽到我們所有的對話嗎？」

藍絲立刻回答：「聽到。」

「我們不知道要等多久，你也找個山頭停下來**休息**吧。」

藍絲沒有立刻回答，像是想了一想，才說：「我看附近都沒有可停機的地方，恐怕要回到那個 **平坦** 的山頭才能停下。那兒距離這裏五公里左右，超過通信器可以傳話的距離，不過你們要通知我來接的話，按下通信器上的 **紅色按鈕** 就行。」

那紅色的按鈕，能發射強力的無線電波，雖不能通話，但只要一按鈕，在十公里範圍內，藍絲都可以收到**信號**。

「那好，你自己小心。」我説。然後趁着這個時候，我向白素説了猛哥的**經歷**，和那隻綠色甲蟲又到了猛哥手上的事。

白素聽得俏臉**煞白**，望定了猛哥，「她……死了？」

我連忙握住了白素的手，穩住她的情緒。

猛哥沒有立刻回答，反而大聲問：「藍絲姑娘，你聽到嗎？」

通信器沒有回應，顯然直升機已經**飛**出了可通話的距離。

我們感到莫名其妙之際，猛哥站了起來，仰頭向天，似是再也壓抑不住**心底**的話了，用力搖着頭説：「太可怕了，當時我見到的情形，真是太可怕。唉，她能忍住了那一口氣不死，只怕全是為了那**小生命**，她是很偉大的母親，很偉大……」

我和白素驚訝地互望了一眼,猛哥的話説明了陳二小姐在臨死之前是懷着身孕的,那麼,她的嬰兒有沒有順利出生?她是因為難產而死的嗎?還有,當時她早已喪夫,那麼胎兒的**父親**又是誰?

一大堆疑問在我和白素的腦袋裏湧起,我倆驚呆地望着猛哥,正等待他詳細講述整件事。

「事情很複雜,不知從何説起……」猛哥也顯得很苦惱,想了一會,竟然説出一句使我們更震驚的話:「那個藍絲姑娘,是我**接生**出世的。」

第五十五章

陳二小姐

猛哥竟説藍絲是他接生出世的，我和白素張大了口，剎那之間，半句話也説不出來。紅綾望了望我，又望了望白素，也學着我們，在臉上擠出那種驚愕古怪的**神情**來。

白素比我先從錯愕之中驚醒過來，她吸了一口氣問：「**藍絲的媽媽**是——」

猛哥説：「我不知道她是誰，只知道她身上有那隻一願神蟲。」

我和白素一起發出了「啊」的一下驚呼聲，猛哥不知道那產婦是誰，但是我和白素卻知道：「那是**陳二小姐**。」

那蟲子對於一個深入苗疆的漢人來說，實在太重要了，陳二小姐不可能隨便給別人。而且，那是她姐姐送給她的生日禮物，必然**珍愛**之至。她進入苗疆，在窮山惡水之中涉險，目的就是為了尋找她的姐姐，又怎會把這蟲子隨便送人？

若說那蟲子是給人偷了，可能性也很低，那是蠱苗的東西，誰有那麼大的膽子敢去偷，不怕遭受蠱術的**折磨**嗎？

所以，不論從哪一個角度來分析，身懷一願神蟲，在苗疆產女的婦人，除了陳二小姐之外，不可能是別人。

藍絲是陳二小姐的女兒，那麼，她就是白素的**表妹**了。

算起來，藍絲竟是紅綾的表姨。

我和白素心緒如麻之際，紅綾**疑惑**地叫：「怎麼啦？發生了什麼事？」

我嘆了一聲，「沒有什麼，全是一些**舊事**，我會慢慢向你解釋的，不過事情十分複雜，你不容易明白，爸爸和媽媽也要先聽聽猛哥詳細說。」

紅綾**睜大**了眼，點了一下頭，「嗯。」

我和白素望向猛哥，猛哥嘆了一口氣，然後把事情從頭說起。

那一次，猛哥從昆明辦完事回來，他是蠱苗的族長，可是出門的**排場**也不是太大，只帶兩個隨從。他和其他趕路的人不同，旅途上遇到什麼和蠱術有關的事物，他一眼就可以**辨認**出來，沿途收集，收穫甚豐。

那一天，天色已晚，他們在河邊紮好了營，準備過夜。兩個隨從下午時分就打了一隻獐子，生起了火，準備烤獐子當晚餐。就在篝火火舌亂竄時，猛哥瞥見附近的草叢中，有一條鮮黃色的**小蛇**在迅速遊走。

那種鮮黃色的小蛇十分罕見，對某種**蠱術**大是有用，猛哥一見就追了上去。

那小黃蛇雖然迅疾無比，使猛哥一時之間也追不上；不過，任何蛇蟲既入了猛哥的眼，想要逃出去，也不是容易的事，落入猛哥手中只是時間問題而已。

可是這次，猛哥才追出了不

到十分鐘，就突然停步，任由那小黃蛇在草叢中消失，因為他聽到了一陣十分淒厲的呻吟聲。

猛哥精通蠱術，有許多極奇妙而且敏銳的感覺，他聽出那是一個女子在極大的痛苦之中，正面臨生死關頭所發出的聲音。

　　猛哥立時循聲撲了出去，穿過一小片林子，看到兩棵大樹之中，搭着一個極其**簡陋**的草棚，一望便知不是苗人所搭的。

　　那呻吟聲愈來愈微弱，猛哥感到不妙，連忙跑過去，掀開草簾一看，竟見一個女子半躺半臥在一些乾草上，而乾草上全是**血**，在月色之下，血紅得驚人。那女子下半身完全在血泊

之中，有一蠕動的東西，在她滿是鮮血的雙腿之間——她正

在產子！

　　猛哥怔了一怔，連忙發出一下尖嘯聲，召喚他的隨從

趕來草棚。

　　猛哥看出嬰孩是**逆產**，並不是頭部先出娘胎，不禁

搖了搖頭，這嬰兒真是命不該絕，這種情形，他只要遲來

半步，就絕無**活命**的可能。

　　對他這個蠱苗的族長來說，要令逆產的嬰兒順利出

世，實在易如反掌。他伸手在那產婦的臉上*輕撫*了一下，

嬰兒就離開母體了，並且發出洪亮的啼哭聲。

　　猛哥揮動苗刀，割斷了臍帶，提起嬰兒來時，聽到產

婦發出了一下呼吸聲——猛哥聽出，那是生命結束的***最後***

***一口氣***。

猛哥一手提着嬰兒，一手去探產婦的鼻息，她已經沒有氣息了。

白素一聽到陳二小姐死得如此悲慘，哀傷之餘，還不禁向我 **怒瞪**  了一眼。

我知道她在怪我，當日陳二小姐找上門來，要我幫她到苗疆去找人，我在 **陰差陽錯** 之下沒有答應。如果我答應了，陳二小姐可能就不會死。

我也有點內疚，低頭嘆了一聲。

　　紅綾看到白素哭，只是呆呆地望着，不理解發生了什麼事。

　　白素也知道不能怪我，*長嘆*一聲，反而握住了我的手，望向猛哥。

　　猛哥會意，便繼續說下去。當時他已看清，自己接生來世上的，是一個**女嬰**，那女嬰十分強壯，啼聲洪亮，手腳亂舞。

　　由於蠱苗世世代代規定，不能隨便帶外人入寨，何況要收養一個**來歷不明**的嬰兒？猛哥已打定主意，怎樣處置那女嬰，於是向兩名已趕到的隨從揮了揮手，示意他們把那產婦埋了，他自己則*抱*着女嬰走出去。

誰知他才跨出了一步，就聽到一個女人的**聲音**，有氣無力地叫：「讓我看⋯⋯看。」

兩名隨從大驚失色，倒退了幾步，差點把草棚撞塌。

猛哥也大吃一驚，立時回頭一看，只見那產婦睜大了眼，手在**發顫**，指着猛哥手中的女嬰，要看一看。

母親要看剛出世的女兒，可謂平常之至。但是這個產婦，卻千真萬確是**斷了氣**，已經死了的。猛哥若是連人的死活也分不清楚，還說什麼精通蠱術？

猛哥吃驚之餘，也勉力令自己鎮定，走近那產婦，把女嬰湊到了她的面前。

本來啼哭不斷的女嬰，一到了母親面前，就不再哭，睜着一雙**烏漆漆**的眼睛望着媽媽。那產婦的神情悲痛莫名，勉力在嬰兒的臉上**撫摸**了一下，再想摸第二下時，手已軟垂了下來。

　　她急速地喘着氣，手伸入懷中，摸出了一個白銅盒子來。

　　猛哥一見那盒子，就知道那是什麼東西，同時亦知道產婦為何能**死而復生**，迴光返照了。

　　那盒子裏碧綠的昆蟲，叫作「一願神蟲」，意思就是，能使擁有它的人，實現一個有關自己**身體**行為的願望。

第五十六章

藍絲的身世

　　蠱術本來就和降頭術一樣，神秘而古老，不可思議，難以用**現代科學**去理解。

　　據猛哥說，擁有一願神蟲的人，可以使自己的身體行為突破**極限**，實現一次願望——只有一次，所以叫「一願」。例如面對一條水流湍急洶湧的大河，一個根本不會游泳的人，如果擁有一願神蟲，只要心中想要過河，就會產生**力量**，使他能泅水而過。

　　同樣的，也可以在神蟲處得到力量，攀上聳天峭壁。但只限一次，實現之後，那神蟲對這個人，就再也**沒有**用處了。

　　猛哥知道，那產婦一定是在臨斷氣前的一剎那，心中起了一個　**願**，想看一看才剛出世的女兒。

　　而令猛哥吃驚的是，這一願神蟲，極是難得，在整族蟲苗之中，多少年來，傳來傳去的，也就只是 **那一隻** 而已，猛哥對它的來龍去脈，再清楚不過，所以看到了之後，驚問了一句：「你丈夫……姓白？」

　　猛哥當時那樣問，我們都很理解，因為神蟲本來在白老大那裏，如此 **稀罕** 的珍品，斷不會隨隨便便送給別人，所以猛哥才推斷，那個產婦是白老大的 **妻子**。

　　但那產婦虛弱地搖了搖頭，也沒有力氣多作解釋，只用極虛弱的聲音說了一句：「去找她的 **父親**——」

一個「親」字才出口，她就嚥氣了，手中那盒子落了下來，盒蓋打開，現出了一願神蟲。

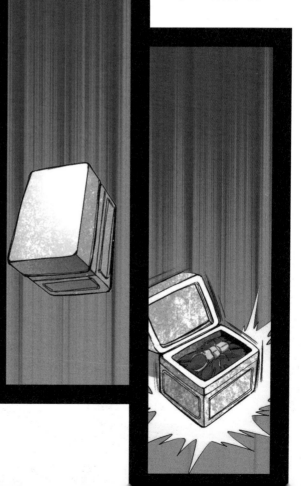

這一願神蟲，也不知道是在多少年之前，由哪一位蠱苗族長施了**蠱術**的，有一句話和神蟲一起流傳下來：「不論是誰，有神蟲在手，向蠱苗所求之事，族長必須做到，不得**推搪**。」

所以猛哥義無反顧，必須盡最大努力，去找這女嬰的父親。

而他已經找了十多年，藍絲今年有多大，他就找了多久。

陳二小姐當時快要**氣絕**，思緒自然不夠清晰，若她當時説「帶她去找父親」，那麼猛哥就非把女嬰帶在身邊不可了。

礙於**祖傳**的規矩，猛哥不能把女嬰收養，而我和白素都知道，十二天官是怎樣遇見藍絲的，所以我們吃了一驚説：「猛哥你……把她放在木盆裏，隨河水**漂流**下去？」

質問猛哥的竟然不止我和白素，這時我的腰際忽然響起了一把聲音：「猛哥叔叔，你不怕我會 **淹死**，或是叫大魚吞去？」

這正是當年的女嬰，如今的藍絲，從通信器傳來的聲音！

猛哥大吃一驚，而我和白素很快就明白是怎麼一回事了。

藍絲說附近沒有可降落的地方，要飛出通話距離的有效範圍，那顯然是 **說謊**，目的是要我們認為她已經聽不到我們的交談，那麼，猛哥才會 **毫無顧忌** 地把一切全說出來。

猛哥一見藍絲之後，神情古怪，細心的藍絲早已察覺，認為猛哥一定隱瞞了些什麼，所以就設計使猛哥以為她 **聽不到**，而把一切都說出來，結果她成功了。

我和白素關心她，連忙叫了一聲：「藍絲，我們是**自己人**！」

白素更激動道：「我是你的表姐！」

藍絲的聲音又傳來，語氣帶着喜

悅的激動，分不清是哭還是笑，喃喃地唸

着：「**表姐！表姐！**」

「我呢？」

我笑道。

「表姐夫！」藍絲叫了一聲，然後笑道：「哈哈，紅綾，我比你**長一輩**，我是你的表姨！」

紅綾不明白什麼叫「長一輩」，只是感染到了我們的興奮，所以也高高興興地叫了一聲：「**表姨！**」

猛哥這時才回過神來，笑道：「看來我這個猛哥叔叔，也要降一級，變成猛哥大哥了。」

藍絲**打蛇隨棍上**，立即說：「猛哥大哥，你還沒有回答我剛才的問題。」

猛哥苦笑道：「我不怕你會有意外，我替你洗乾淨身子的時候，已經占算過，你一生之中，只有出生那一刻最凶險，以後都無往不利！」

藍絲自己是學**降頭術**的，這樣的一句話，出自蠱苗族長之口，她自然深信不疑。

猛哥又說：「我在你腿上，刺上了蜈蚣和蠍子，表示你是由蠱苗救下來的，任何苗人發現了你，都會歡天喜地

收留你。沒想到，原來你在藍家峒長大。」

藍絲的聲音變得很沉：「猛哥大哥，我的爸爸……一直找不到嗎？」

這當然是明知故問，若是已找到了，猛哥就不用如此奔波**惆悵**。但這時候，我和白素卻想起了一件事，互相看了一眼，我先開口提了出來：「當年陳二小姐來苗疆，並非一個人獨行，是有人陪她來的！」

那個人名叫何先達，是陳二小姐先夫的部下，長得相貌堂堂，談吐得體，對陳二小姐十分**恭敬**，就是他陪着陳二小姐一起到苗疆來的。那麼，這個人如今在哪裏？進入了苗疆之後，發生了什麼事？

我和白素，還有藍絲，都提出了這一大堆**疑問**。

但見猛哥抓着頭説：「我連有這個人都不知道！」

我和白素互望了一眼，心裏有個 **設想**，卻又不知如何開口，反而藍絲先說了出來：「這個人，可能就是猛哥大哥你要找的人。」

藍絲的聲音十分 **苦澀**。事情太複雜了，猛哥張大了口，「啊」地一聲，有點不懂反應。

藍絲繼續說：「青年男女，相處久了，容易生出 。有可能是兩情相悅，但也有可能不是⋯⋯」

我們自然明白她的意思，她突然又問：「表姐，表姐夫，你們認為是前者，還是後者？」

坦白說，只怕是後者的成分居多，因為陳二小姐的草棚之中，只有她一個人居住過的 **痕迹**，如果她和何先達兩情相悅，那麼何先達怎會不在她的身邊？

不過，我還是向好處想，我說：「有可能是他們在苗

疆遭遇了什麼意外而**失散**，所以陳二小姐才變得一個人流落在這裏。」

白素長嘆了一聲，安慰道：「許多年前發生的事了，藍絲，你總不能一下子把所有事情都弄清楚的。」

藍絲也嘆了一聲，「説得對，知道了自己的母親是誰，也該**高興**了。」

一時之間，大家都不出聲，又過了一會，藍絲問：

「猛哥大哥，我娘**葬身**的地方，你還記得嗎？」

「**記得**，我會帶你去。」

而白素和我亦齊聲道:「我們一起去。」

當日陳二小姐和何先達找上門來,求我幫忙,沒想到若干年後,陳二小姐已埋骨**荒山** ,何先達亦不知所終,真令人唏噓。

猛哥的一句話,竟然引出了那麼一大段令人驚訝的**往事**來。我們的情緒尚未平復,猛哥忽然又冒出了另一句話,使我們大感意外。

他説:「那神蟲,會落在白老大的手裏,是我**姑姑**給他的!」

第五十七章

千方百計 當上烈火女

　　猛哥的一句話，聽得我和白素面面相覷，他的姑姑為什麼要把那麼 **珍罕** 的一顆神蟲送給白老大？

　　猛哥隨即解釋：「白老大救了我姑姑一命，所以姑姑答謝他。我姑姑是族中的 **美女**，那年，她才十八歲……」

　　他一直囉哩囉嗦地形容他的姑姑，我正想打住他的時候，他卻忽然冒出一句使我們非常震驚的話，他說：「我姑姑……當過三年……嗯，三年不到的 **烈火女**。」

我和白素**瞪大**了眼睛，驚訝不已，紅綾則呆呆地望着我們。

白素問：「你姑姑當過烈火女？不是只有傈傈少女才能當烈火女嗎？」

猛哥現出十分**扭捏**的神情，他猶豫了好一會才説：「這是我們族的一件醜事，從來不對外人説起，我把你們當自己人，這才説的。我姑姑的名字叫金鳳。那時，我父親是族長，姑姑在族中地位很高，可是她個性極**野**，老是在外面闖。有一次她回來，忽然説要去當傈傈人的烈火女，説當了烈火女之後，就可以**號令**大批傈傈人。管的人，比十族蠱苗還多！」

「可是，烈火女説當就能當上嗎？」我問。

猛哥説：「當時，父親也這樣問，姑姑説她早有了計劃，上一屆烈火女**交替**的時候，她就混在傈傈人之中，

在那個大石坪上觀看過──」

俅俅人散居各地，三年一次聚會，誰也不能全部都認識，一個苗人要混入當中，絕非什麼難事。

猛哥亦補充了一句：「她早已學會了 **俅** **俅** **語** 。」

那樣的話，要冒充俅俅少女，就更容易了。

白素突然說：「她的野心，只怕不單是想有幾萬人供她 *指揮* 吧。」

猛哥望着白素，神情很是佩服，「沒錯。都說俅俅人的烈火女是 神仙冊封 的，能見到神仙，和神仙在一起。所以姑姑……老實說，不只她，還有我們，都希望能見到神仙。」

猛哥這麼一說，事情就十分明白了。不單是金鳳一個人的野心，而是蠱苗全族的 **野** 心，想和神仙有所接觸，只不過派了金鳳出馬而已。

　　苗人口中的「神仙」，我和白素早有結論，就是那種扁圓宇宙飛船中的**外星人**。這種外星人，和**靈猴**有關，和烈火女有關，也和陳大小姐有關，而特點是身體會冒火。

　　如今，我們就在一個神秘的山洞之中，有着許多可能是烈火女的骸骨，聽猛哥説關於烈火女的事，可真**應景**。

　　猛哥憶述：「那次她回來，説起烈火女的事，大家都

對倮倮人能有神仙**庇護**，感到羨慕不已。人始終是貪心的，雖然得到上天賜我們蠱術，已經非常幸運——」

這時我插了一句：「你們的蠱術，我相信根本就是很多年之前，來自天上的神仙所*傳授*的。」

猛哥並不反對我的見解：「可能是，也正因為如此，我們更希望能再見到神仙。」

紅綾對「神仙」很有興趣，睜大了眼聽着。我相信她在嬰兒時期是見過「神仙」的，可能在她的記憶之中，有「神仙」的*印象*，只是無法記得清楚。

猛哥繼續說：「過了一年，她又離開了我們——」

我又插了一句：「烈火女不是三年才作一次替換嗎？」

「是。她需要**時間**，使自己更容易成為烈火女，所以她去倮倮人之間生活，令自己看起來完完全全是一個倮倮少女。」

我忍不住又問：「新的烈火女，是由舊烈火女**指定**。那麼多倮倮少女在場，她有什麼把握，舊烈火女會指向她？」

猛哥微微一笑，「別忘了她是蠱苗族長的妹妹，精通**蠱術**，只要她有一個機會接觸到舊烈火女，就可以用蠱術影響對方的心意，使舊烈火女在熊熊火光之中，伸手指向她，令她成為新烈火女。」

我「啊」了一聲，恍然大悟。

猛哥又說：「烈火女居住的山洞，是不准**外人**進去的，但姑姑既然有心，自然不會去顧及什麼規矩。她偷進

去了三次，也見到了烈火女。她在那段期間，和族裏有保持聯絡，族裏派人和她會面，她把事情的進展傳話回來。據她說，烈火女居住的那個山洞，**深不可測**，平常居住活動，都是在外面兩三層，她曾冒險進了第五層，就無法再前進了。」

久未發聲的藍絲，也忍不住好奇，傳來一句話：「猛哥大哥，你姑姑終於當成了**烈火女**，那麼，山洞裏的所有秘密，她全知道了？」

「是，她全知道了，那秘密……是她幾乎用**性命**換回來的。」

「聽説在那山洞，有傳説中的 **苗疆寶藏**，是不是？」藍絲問。

猛哥嘆了一聲，「沒有，但是山洞最深處，是神仙常出沒的地方！」

　　這一句話，令我和白素緊握住了手，因為我們想起，當年白老大、鐵頭娘子和大滿老九，都看到兩個「神仙」飛向烈火女居住的山洞，原來「神仙」根本一直在那裏出沒的！

　　猛哥續說：「新舊烈火女交替的大會上，我們族裏派了重要的人物去參觀，看到金鳳姑姑在舊烈火女伸手一指之下，全身發出火光，成為新烈火女。我們族裏得知後，都興奮莫名，耐心等待金鳳姑姑與神仙接觸的好消息。可是她當了烈火女之後，竟然一點消息也沒有。那時，全族上下都非常焦急！」

　　這點我十分理解，隨着日子一天一天過去，蠱苗全族都焦急，那是可想而知的事。要知道三年屆滿後，舊烈火女是要在火堆之中焚身的。神仙的好處沒到手，反倒賠上了金鳳的性命，這就太不值得了。

　　但我想了一想，説：「你們也不必急，到時候，大可以設法把金鳳從火堆中搶救出來。你們蠱苗的 (旗)(子) 一打出來，保保人還有不望風而逃的嗎？」

　　猛哥苦笑，「聽我爹説，他們確實有這樣的打算。但是事情到後來，又有了意想不到的發展。還有兩個月才到三年，金鳳姑姑就從烈火女居住的山洞 **逃** 了出來，而且在回家途中受了傷——她遇上了 **山崩** ，碎石像瀑布一樣傾瀉下來，她的身子埋了一大半在碎石堆中。」

聽到這裏，我也有點不寒而慄，蠱苗再神通廣大，遇上了**山崩**⛰**地裂**，也難以和**大自然**的力量相抗衡。

猛哥突然望向白素，「她被埋了整整一天，才遇到了**救星**⭐，救她的，就是白老大。據她説，白老大花了足足兩天兩夜時間，挖掘埋住她的大小石塊，才把她救了出來，多麼強壯的一條漢子，也累得幾乎 **昏死** 過去！」

猛哥頓了一頓，然後帶點尷尬地説：「金鳳姑姑一脱

險，就摟住了白老大，説明了自己的身分，要……**以身**

相許。」

第五十八章

神仙 改造

一聽到猛哥說他姑姑以身相許向白老大報恩，我就忍不住哈哈大笑了一聲，白素瞪了我一眼，可是神情卻和我相同。

白老大在苗疆的經歷，可謂多姿多采，驚心動魄之餘，**艷福**也不淺，使人不得不佩服。

想想看，那時白老大正當**盛年**，血氣方剛，一個十八歲的美麗苗女投懷送抱，而他居然能拒絕，這份定力，實在無人能及。

他當然是拒絕了的，不然，他當了蠱苗的郡馬，也就不會有後來的事**發生**，不會有白素，不會有陳二小姐到

苗疆尋親，也不會有藍絲了。

一個人的 **一念之間**，竟可以連帶影響甚至決定那麼多人的命運，世事就是這麼奇妙。

猛哥嘆了一聲，「他當時若是答應了，事情自然會不大相同。可是他卻一口拒絕，說不能娶苗女為妻，也有許多事要做，更不想姑姑感恩圖報。姑姑問他**單身**到苗疆來幹什麼，他說是來尋找傳說中的苗疆寶藏。姑姑說可以告訴他有關傈僳人烈火女的秘密，條件是要娶她為妻。」

我又笑了一下，苗女**熱情**起來，很會纏人，白老大的定力少一分都不行！

猛哥再嘆一聲，「誰知他還是不答應，姑姑無法可施，把他帶了回來，將**珍藏**的一願神蟲送給他，他住了三天才走。那三天，姑姑打扮得老樹見了也會**動心**，和他寸步不離，但他只是豪飲縱笑，絕不輕薄，令全族上下

都對他敬仰不已。最後，他認了金鳳姑姑做**乾妹子**，才飄然而去。」

我不禁又笑了笑，「我岳父和你姑姑是乾兄妹，那麼我和你也算是 一家人 了。」

猛哥亦「哈哈」笑了一聲。

「怎麼你姑姑沒有用**蠱術**令白老大就範？」我好奇地問。

猛哥嘆了一聲，「她覺得一輩子要用蠱術留住一個人，太沒意思了。」

白素亦慨嘆道：「爹脾氣硬，不願多佔人便宜。不然，他可以在金鳳口中知道更多秘密。金鳳拿秘密來換取**嫁娶**之諾，可知那秘密必然非同小可，要是爹早知道了，以後情形或許不同。」

　　猛哥吸了一口氣，「秘密確實非同小可，金鳳姑姑只告訴白老大，有神仙在那山洞的深處 *出沒*，但別的沒有說。」

　　我和白素深信，這就是白老大選擇了烈火女的山洞作住所的 **原因**，但他一直沒有見到過「神仙」，直到遇上那宇宙飛船，見到外星人出手救人，又飛到山洞去的時候，他才明白，苗人口中的「神仙」，就是外星人。

　　説到烈火女山洞中的秘密，猛哥的神情突然變得凝重，「金鳳姑姑要逃走的原因，是神仙要把她帶到天上去。」

　　我大感疑惑，給神仙帶到天上去，自然也變神仙了，有什麼不好？何必逃走？就算貪戀凡間的生活，坦白向神仙説就可以了，也不必逃走。

　　我還沒有提出心中的疑問，猛哥已用手指在自己的腦袋上**敲**了一下：「神仙告訴她，要上天，這裏面，得**改一改**！」

　　我和白素十分駭然，「那是什麼意思？」

　　猛哥説：「姑姑當了烈火女之後，一住進那山洞，就有聲音叫她**向前走**。她曾經來過，深入五層就再沒有去

路了。可是這次當了烈火女之後，竟然大不相同，面前明明已全是 **岩石** ，再無去路，可是那聲音還是不住叫她向前走，她邁開腳步，竟然就穿了過去！」

猛哥現出極疑惑的神情，顯然他對此事亦一直 **存疑**。

我揮手示意猛哥快說下去。他說：「姑姑第一次見到神仙時，高興得跪下來拜，神仙也沒有說什麼，只是告訴她，如果沒聽到召喚，不可以 **硬闖** 進來。後來她真的偷偷嘗試闖了幾次，都不成功，才知道那是 **仙法**。」

我性子急，指了指頭，催促猛哥快說「這裏面得改一改」的意思，猛哥卻示意要我耐心聽他說。

「姑姑當烈火女，倒也當得風平浪靜，雖然見到了神仙，卻什麼好處也沒有得到，難免有點 **不甘心**。她早打定了主意，三年將到，就準備開溜，沒打算被火燒死。怎料忽然有一天，神仙說要改她的腦袋，帶她上天，她大

吃一驚，忙問兩位神仙：『這腦袋……要怎麼改？』神仙告訴她：『改了之後，你在火堆之中，才不會*被燒死*。烈火一燒，你身軀雖成**灰**，靈卻上了天，和我們一樣了！』」

　　神仙以前一定也和許多烈火女這樣說過，她們只怕都立即聽從了神仙的話，由得神仙擺布，因為傈傈少女頭腦簡單，自然是神仙怎麼*吩咐*，她們就怎麼做。

　　如今在山洞中的幾十具骸骨，就是那些身軀成灰的烈火女了。

　　照外星人的説法是，她們都經過改造，身軀成灰，就是她們由地球人轉變為外星人的**過程**。

　　金鳳並非一般的保保少女，而是大有來歷的人物，知識不凡，自然不容易就範。所以她堅持要知道「腦袋裏面」是怎麼樣「改一改」。

猛哥説到這裏，神情更是駭然，「神仙竟告訴她，要把她的 頭 蓋 骨 揭開來！」

紅綾聽到這裏，突然雙手抱住了自己的頭。我知道，她是想起了白素曾提過，要把兩頭靈猴的 打開來看看那件事。

我立刻又想到，外星人曾在靈猴的頭部動過手術，難道目的也是「改一改」，想將地球猴子變成 外星猴子 嗎？這真是有點匪夷所思了！

匪夷所思的事，很快就有了答案。

猛哥説：「我們是蠱苗，對人的身體，什麼地方都敢動，可就是不敢動腦袋。把頭殼揭開來，不是要了人的命嗎？姑姑嚇得當場就跪了下來，哭着求神仙不要**殺**她，她不想死！

「這一下，神仙也大為**愕然**，可能神仙以前也從未想過有人會害怕。神仙叫她不用害怕，然後一個神仙飛開去，不一會，就帶着兩頭猴子回來，接下來發生的事，姑姑當時也無法相信自己的**眼睛**！」

我已經想到了，便接上去説：「神仙把兩頭猴子的頭殼打開給她看，也當面告訴她怎麼改，猴子仍然**鮮蹦活跳**，什麼事也沒有。神仙的目的，是叫她不必害怕。」

我一面説，猛哥一面點頭，嘖嘖稱奇：「你是怎麼知道的？姑姑雖然見猴子沒大礙，但是想到自己就算過了這

一關，還要再過**烈火焚身**那一關，算來算去，都太冒險，所以就逃了。她怕神仙追來，於是專擇 小路 走，結果遇上山崩！」

這時候，我和白素登時心中雪亮，知道和紅綾在一起的那兩頭銀毛靈猴，頭上的手術痕迹是怎麼來的了！

第五十九章

懺悔錄

雖然當日神仙帶來向金鳳示範開腦袋的那兩頭猴子，未必就是如今與紅綾為伴的兩頭靈猴；但可以推斷，外星人也曾向陳大小姐提出「**改一改**」她的腦袋，陳大小姐不肯，外星人就像向金鳳示範一樣，也在兩個**試驗品**的頭上動「手術」給陳大小姐看，而這兩個試驗品，很可能就是那兩頭靈猴！

問題是，陳大小姐看了之後，是接受了神仙的**好意**，還是也逃走了？

她在極度厭世的心情下，很可能接受了外星人的改造，盼望早日飛天成仙，把還是嬰兒的紅綾留下來，交給「神仙」照顧，她一點也不擔心。

只是又不知發生了什麼意外，「神仙」並未能照顧嬰兒，結果紅綾是由靈猴帶大的。

這是我和白素在剎那間所推測的。

猛哥把事情敘述完後，苦笑道：「所以，我在一開始的時候，説十多年來在苗疆奔波，可算是白老大所害的，要不是他把那神蟲亂送人，我就不必去找人了。」

藍絲的聲音幽幽地傳了過來：「猛哥大哥、表姐、表姐夫，我求你們，把⋯⋯我的父親找出來。」

我和白素齊聲道：「當然，這還用你説嗎？」

白素感同身受，「藍絲，我們的命運一樣，都是從來也沒有見過自己的母親，而且⋯⋯再也見不着了。」

她說到這裏，已不住哽咽。陳大小姐若真是經過了改造，成為了外星人，現在不知在茫茫宇宙的哪一個**角落**了。

紅綾在這時候，竟表現出她很懂事的一面，說了幾句很叫人感動的話，她說：「我比你們好，**我有媽媽**，媽媽就在我的身邊！」

白素連忙把紅綾摟入懷中。

我望着她們兩人，心中也有一股暖流在流動着。這時我的思緒很亂，忽然之間，我想起一件事來，不禁整個人跳起，大叫一聲：「我明白了！」

我想到的是，我剛到苗疆時，良辰美景沒出現，我和藍絲駕駛直升機去搜索，半途發現了一堆不屬於苗人的**篝火**，我去追查，進入過一個山洞，有一個人以極快的身法逃走。

在那山洞之中，有一個祭壇，在洞壁上還刻滿了「罪孽深重」之類的字，那人分明是處於 **傷心** **欲絕** 的情緒之中，而他大有可能就是何先達！」

我着急道：「我知道那人在什麼地方！藍絲，那個由『好人蛇』看守的山洞，你還記得它的方位嗎？」

藍絲對苗疆的地形比我熟得多，她立時說：「**記得！**」

我吸了一口氣：「我們不必在這裏守株待兔，先去找那個人再說！」

大家都同意我的建議，不一會，我們所有人已 **擠** 上了直升機，藍絲的記性好，記得上次發現篝火的地方，到了那上空，猛哥、我和藍絲自然要下去，直升機就交由白素駕駛，紅綾眼珠轉動，吞了兩口口水，這才有了決定：「我陪媽媽！」

白素刹那間現出了💗滿意足的神情。

到了那個山洞的門口，藍絲和猛哥已齊聲道：「洞裏沒有人！」

他們分別有降頭術和蠱術的本領，某段距離之內有沒有人，很容易感覺到。

兩人有點失望，因為那人如果**放棄**了這個山洞的話，苗疆之大，又不知上哪兒去找他才好了。

我沉聲道：「進洞去看看再說。」

進了山洞，一亮電筒，我就知道那個人在我上次離開之後曾回來過，因為掛在那個「雕像」上的**破布**不見了。

猛哥在山洞裏迅速遊走察看，藍絲則望着祭壇上的那座雕像發怔。

我來到藍絲的身邊，陪着她站了一會，猛哥突然在不

遠處叫道:「衛,有人**留字**給你!」

我向他看去,見他指着洞壁,我說:「那是我留字給他。」

猛哥卻大力**招手**道:「你留字給他,他又回了字給你!」

朋友,我叫衛斯理,你若有什麼需要幫助,可以到藍家峒找我,很抱歉曾驚擾你。

來者竟是故人,幾疑是夢。
罪孽深重之人,無顏相見。
欲知余所犯何罪,請看這
十多年來所書之懺悔錄。

何先達留字

　　我「啊」地一聲，與藍絲一起奔過去，看到在我所留的那段大字之下，有用**炭枝**寫出的字：「來者竟是故人，幾疑是夢。罪孽深重之人，無顏相見。欲知余所犯何罪，請看這十多年來所書之**懺悔錄**。何先達留字。」

　　果然是何先達！

　　而在那洞壁之下，有着一大捆**樹皮**。有大有小，形狀不一，樹皮的一面很平滑，有用炭所寫出的字。我順手揭了幾頁，嘆了一聲：「他**痛悔**了那麼多年！」

　　藍絲俯身，把那捆樹皮，抱了起來，緊抱在懷中。我說：「這裏，我相信記錄着有關你**身世**的事，你可以擁有它。你看了之後，也可以不把內容告訴我們。」

藍絲口唇顫動，眼中淚花亂轉，過了好一會，她才說：「我識的漢字不多，而且這些字那麼*潦草*，表姐夫，猛哥大哥，我們一起看。」

樹皮上絕大多數都是何先達懺悔自責的句子，從中可以知道當年發生了什麼事。

何先達和陳二小姐進入苗疆後，當然找不到她的姐姐。陳二小姐那時的身分是韓夫人，與何先達是**主僕**關係，何先達自然對她十分恭敬。

可是陳二小姐花容月貌，何先達血氣方剛，對身邊的美人，難免起了**愛慕**之心，但他一直都能克制。卻在一個晚上，何先達犯下了彌天大罪。第二天，陳二小姐卻不見了，何先達不禁痛悔莫名，瘋狂似地去尋找陳二小姐。

日子一天天過去，找到二小姐的希望也愈來愈渺茫。何先達以為她一定在危機處處的苗疆之中，遭到了意外，或者是受辱自盡，已經不在人世。他自覺罪孽深重，就再也沒有離開過苗疆，要以有生之年，在苗疆長伴芳魂。

但他不知道，二小姐並不是立刻就死的，更不知道二小姐竟然有了身孕，直到十月懷胎，誕下女兒之後才死。

所以，他根本**不知道**自己有一個女兒。

藍絲得知這一切後，百感交集，眼淚盈眶。

山洞裏**寂靜**了好一會，通信器才突然傳來白素的聲音：「藍絲，你恨不恨他？」

藍絲茫然，「我……不知道……不知道！」

我不禁嘆了一聲，「恨也好，不恨也好，問題是，你們父女倆**見面**的機會，又小了幾分。」

我們都明白，何先達這樣留字而去，自然不會再回來，況且他根本不知道自己有一個女兒。

但猛哥拍一下胸膛説：「不用怕。我既然受了**委託**，一定會把他找出來的！」

藍絲深吸一口氣，「猛哥大哥，如果可以，我想把自己的身世編成**曲子**，讓人到處去唱，流傳開去，總有傳

到他耳中的時候。他聽到了之後，一定會來藍家峒找我，總比在 **千山** ▲▲ **萬水** 中找他容易得多。」

猛哥連連點頭，藍絲緩緩轉過身，來到那座「雕像」之前，神情依依，喃喃道：「他們⋯⋯不知道是什麼樣子的？」

我說：「你母親清秀美麗，有九分像你表姐。」

白素則說：「藍絲你放心，我會請最好的 **畫師** 🎨，把他們的樣子畫出來。」

我拍手道：「我認為，最好的畫師就是白老大，一於請他老人家出手！」

藍絲隨即問：「他老人家和我又是什麼親戚關係？」

我一時之間還未能算清楚，白素卻一下子就說了出來：「很親密的關係，他是你的 **姨丈**。」

　　這時藍絲終於露出了一絲微笑，「雖然媽媽早死，父親下落不明，但突然多了那麼多親戚，我感到很**溫暖**！」

第六十章

身體冒火光的真相

何先達是肯定不會再回來這山洞的了，白素提議我們先回到直升機再説。

藍絲**依依不捨**，我勸道：「反正這裏離藍家峒很近，你隨時想來就來。」

藍絲點了點頭，在出山洞的時候，伸手在那條巨大的「好人蛇」頭上，拍了兩下，那巨蟒昂起頭來，神態仍是十分**駭人**。

　　上了直升機之後，我們又回到「神仙」和「烈火女」的話題上，白素說出自己的 想法：「我相信外星人的用心是好的，看到倮倮人在地球上是很落後的一族，所以就為他們樹立了烈火女這樣的**精神支柱**，使倮倮人有了地位，也有信仰。」

　　我雖然同意，但也補充道：「誰知道他們在地球上做了些什麼，那可能只是他們在大大損害了地球之後，所作出的小小***補償***！」

　　白素沒和我爭論下去，卻忽然嘆了一聲，「我母親真的成了外星人嗎？外星人能力高超，應該知道我在 想念 她。」

我説：「她已經成了神仙，哪會再貪戀紅塵？或許，神仙對腦部所作的改造，就是要人完全 **忘記** 在塵世間發生的一切。一把烈火，早已將一切往事燒得乾乾淨淨，還有什麼可以貪戀的？」

白素沉默了好一會之後，才説：「猛哥，你指路，我們到 **墓地** 去！」

猛哥「啊」地一聲，「這……在天上認路，我卻認不出來，要從陸地去才行！」

藍絲問：「是在一條 *河* 〜〜 的旁邊？」

「對。」猛哥點了點頭，然後用「布努」説出那條河的名字。

藍絲一聽就知道，「這河很長，流過藍家峒的外面，所以十二天官才會發現我。是在這河的 *上游* 〜〜？」

「在雙頭山——可以望到雙頭山的所在。」猛哥説。

他們在討論着苗疆的地形時，我一面注視着睡得極沉的紅綾，一面也留意着直升機上的屏幕——通過紅外線望遠鏡的 **鏡頭**，可以看到下面的情景，而且還能變焦把影像拉近。

那時的天色，是黎明前最黑暗的時分，我在屏幕上忽然看到了一團 **火光**，在火光之旁，還有兩個人影，在迅速跳動。

我立時大叫：「看，有火光，有冒火光的人！」

白素也看到了，「啊，那就是我看到過的 **冒火人**！」

我迅速地把影像拉近，紅綾也被吵醒了，揉着眼。我們一起凝神看去，已可以看得很清楚，那不是一個人身上有火光，而是有一團火光，正在被兩個人 **爭奪**着！

再看清楚些，在爭奪那團火光的，也不是人，而是兩頭 **猿猴**！

　　紅綾神情緊張，喉間發出了一陣十分怪異的聲響，我立即就知道，下面在爭奪火光的兩頭猿猴，就是和她關係十分**密切**的那兩頭銀毛靈猴！

　　白素也立刻想到了這一點，尖聲道：「難怪我追不上，原來不是人，是靈猴！」

　　再看清楚些，兩頭靈猴在**爭奪**的，也不是一團火，而是一件會發出火光的物件。由於銀猿動作快，跳動不已，所以一時之間也看不清那是什麼，直到爭奪有了結果，所有

人才發出了「啊」的一聲。

　　爭奪有結果了，其中一頭銀猿一下子把自己的身子，鑽進了那東西之中，或者說，是把那東西套上了牠的身體。這才使我們看清，那東西像是一件 **背心**，穿上了之後，不論是人是猿，看起來，就像身體會 **冒火** 一樣。

紅綾興奮得拍手大叫：「會冒火，靈猴身上也會冒火，牠們變成神仙了！」

我和白素互望了一眼，知道那「背心」自然是外星人**留下來**的東西。外星人把歷代烈火女的骸骨放在那山洞中，留下一些物件，也留下一對銀猿**看守**，留下的物件之中，包括了這件會冒火光的「背心」，說不定這是一件飛行衣，或者是什麼別的裝備。

這時，一頭銀猿穿着那「背心」在前**飛馳**，另一頭在後面追，速度快絕，一下子就消失得無影無蹤。

藍絲說：「看來，發光的東西，像是一件**火服**，那是神仙留下來的衣服嗎？」

我點頭，「應該是。」

藍絲**沉默**了片刻，忽然指着屏幕說：「看，就是這條河，向北飛，可以到達它的上游。」

直升機溯河向上，到天亮的時候，已經看到了「**雙頭山**」，我們在河邊找到了一處平坦的地方，把直升機降落下來。

藍絲第一個出了機艙，猛哥跟着出來，長嘆一聲：「不遠了，當年我從昆明回來，就是沿河向北走的！」

我、紅綾和白素，跟在猛哥和藍絲的後面，一起向前走，藍絲不時望向河水，像是在想像自己才出世時，被放在 **木盆** 上，順流而下的情景。

步行並沒有多久，約莫一小時，沿途風光絕佳，但大家都無心欣賞。河轉了一個彎，有一片滿是野花的草地。在草地近河處，明顯有一堆 **刻意** 疊起來的石塊。石塊之下，埋的就是藍絲的母親──陳二小姐陳月梅了。

　　藍絲站在石塊堆前，久久不語。我、白素、紅綾和猛哥，四人合力砍出了一個 **木椿**，在木椿上刻了「成都陳月梅女士之墓」幾個字。

　　然後，白素來到藍絲的身邊，低聲説了幾句。藍絲點了點頭，白素回來，又加上了「女何藍絲泣立」幾個字。

　　我看了不禁大是感慨，衛紅綾、何藍絲，我才認識她們的時候，誰想到她們各有 **姓氏**，而且和我大有關係？

　　我們把木椿立在石塊堆之前，猛哥説：「我回去會吩咐人在這裏好好造一座墓。」

　　藍絲不勝感激，「**謝謝你**，猛哥大哥。」

　　猛哥看着她大腿上的刺青，笑道：「怎麼樣，**刺工**還不錯吧？」

　　藍絲卻撇起了嘴，**埋怨**道：「人人當我是怪物也算了。最要命的是，隨着身子長大，這兩個刺青圖案不斷**變形**，害得我年年都花不少工夫去修補，直到近兩年不再長高才可以鬆一口氣。」

　　我們聽了都不禁呵呵大笑起來。藍絲自己也笑了，她當然不是真心**怪責**猛哥，沒有猛哥，她根本出不了娘胎，而且也全靠那兩個刺青，使她得到了十二天官收養，在苗疆無人敢欺負她，可以健康茁壯地**成長**。

　　那一邊，白素走向紅綾，我一看到白素的神情，就知道她必然又要向紅綾提出什麼要求。同時，我也看到紅綾現出**戒備**的神情。

　　我不知道該如何才好時，只見紅綾已換成了一副笑嘻嘻的樣子。

白素神情嚴肅，來到紅綾身前，沉聲道：「你可以找到那兩頭銀猿，是不是？去把牠們找出來。」

紅綾**搖了搖頭**。

白素沉下臉來。我知道白素找那兩頭銀猿，目的是想得到那件外星人留下來的背心，好好研究，希望能追查出陳大小姐的 **去向**。

我怕白素和紅綾又鬧意見，正想去 **打圓場** 之際，卻看到紅綾依偎着白素說：「不，我不要再和猴子在一起，我不會去找牠們，我只想和媽媽在一起──」

她說到這裏，抬頭向我望來，又補充了一句：「也和爸爸在一起。」

這一番話，把白素聽得心花怒放，她一直努力要和猴子**爭奪**紅綾，難得紅綾講出了這樣的話來，其他的事，白素都不在乎了。

　　紅綾這時又向我望來，看她的 **眼神**  我就知道，她是怕靈猴被白素開腦研究，所以才説了那番話，使白素放棄 *追尋* 靈猴。

　　紅綾居然懂得這樣賣乖，我由衷地哈哈大笑了起來，頓時覺得女兒真的開始 **適應** 文明社會的生活，而白素也可説是成功了。（完）

案件調查輔助檔案

恍然大悟

我**恍然大悟**了，他們和白素的爭吵，更多是在於他們不認同白素去冒犯神仙。

意思：心裏忽然明白。

一頭霧水

我聽得**一頭霧水**，再問：「這個男人你找了多久？」

意思：比喻頭腦裏朦朧一片，無法明白。

虛無縹緲

而所謂傳說中的「苗疆藏寶」，就和傳說中的所羅門王寶藏一樣，都是**虛無縹緲**的事，不必深究。

意思：形容虛幻渺茫，不可捉摸。

陰差陽錯

我當時**陰差陽錯**沒有答應她，她與那位姓何的壯士就不告而別，後來也沒有了他們的音信。

意思：事出意外，湊巧錯過或發生誤會。

耿耿於懷

她是白素的阿姨，我們當年沒有答應幫助她，一直**耿耿於懷**，自然十分迫切想知道她的消息。

意思：有事牽絆，不能開懷。

心緒如麻

我和白素**心緒如麻**之際，紅綾疑惑地叫：「怎麼啦？發生了什麼事？」

意思：心思紊亂，沒有頭緒。

命不該絕

猛哥看出嬰孩是逆產，並不是頭部先出娘胎，不禁搖了搖頭，這嬰兒真是**命不該絕**，這種情形，他只要遲來半步，就絕無活命的可能。

意思：命中注定不應該死。

迴光返照

猛哥一見那盒子，就知道那是什麼東西，同時亦知道產婦為何能死而復生，**迴光返照**了。

意思：人死前精神呈現短暫的興奮。

義無反顧

所以猛哥**義無反顧**，必須盡最大努力，去找這女嬰的父親。

意思：本着正義，勇往直前，絕不退縮。

相貌堂堂

那個人名叫何先達，是陳二小姐先夫的部下，長得**相貌堂堂**，談吐得體，對陳二小姐十分恭敬，就是他陪着陳二小姐一起到苗疆來的。

意思：形容儀表壯偉。

面面相覷

猛哥的一句話，聽得我和白素**面面相覷**，他的姑姑為什麼要把那麼珍罕的一願神蟲送給白老大？

意思：互相對視而不知所措，形容驚懼或詫異的樣子。

望風而逃

但我想了一想，説：「你們也不必急，到時候，大可以設法把金鳳從火堆中搶救出來。你們蠱苗的旗子一打出來，倮倮人還有不**望風而逃**的嗎？」

意思：遙見敵人的蹤影或氣勢就嚇得逃跑了。

不寒而慄

聽到這裏，我也有點**不寒而慄**，蠱苗再神通廣大，遇上了山崩地裂，也難以和大自然的力量相抗衡。

意思：形容內心恐懼至極。

嘖嘖稱奇

我一面説，猛哥一面點頭，**嘖嘖稱奇**：「你是怎麼知道的？姑姑雖然見猴子沒大礙，但是想到自己就算過了這一關，還要再過烈火焚身那一關，算來算去，都太冒險，所以就逃了。她怕神仙追來，於是專擇小路走，結果遇上山崩！」

意思：咂嘴作聲，表示驚奇、讚歎。

守株待兔

我吸了一口氣：「我們不必在這裏**守株待兔**，先去找那個人再説！」

意思：比喻拘泥守成，不知變通或妄想不勞而獲。

心滿意足

白素剎那間現出了**心滿意足**的神情。

意思：形容心中非常滿意。

罪孽深重

罪孽深重之人，無顏相見。

意思：孽：罪惡。指做了很大的壞事，犯了很大的罪。

花容月貌

可是陳二小姐**花容月貌**，何先達血氣方剛，對身邊的美人，難免起了愛慕之心，但他一直都能克制。

意思：形容女子容貌如花似月般的美麗。

彌天大罪

卻在一個晚上，何先達犯下了**彌天大罪**。

意思：所犯的罪，與天一樣的大。比喻極大的罪過。

有生之年

他自覺罪孽深重，就再也沒有離開過苗疆，要以**有生之年**，在苗疆長伴芳魂。

意思：存活的歲月。通常指餘生而言。

百感交集

藍絲得知這一切後，**百感交集**，眼淚盈眶。

意思：形容各種思緒、感情交互錯雜在一起。

千山萬水

他聽到了之後，一定會來藍家峒找我，總比在**千山萬水**中找他容易得多。

意思：山川眾多而交錯。形容路途遙遠而多險阻。

依依不捨

藍絲**依依不捨**，我勸道：「反正這裏離藍家峒很近，你隨時想來就來。」

意思：形容非常留戀、捨不得。

心花怒放

這一番話，把白素聽得**心花怒放**，她一直努力要和猴子爭奪紅綾，難得紅綾
講出了這樣的話來，其他的事，白素都不在乎了。

意思：形容心情像盛開的花朵般舒暢快活。

衛斯理系列 少年版 22

烈火女 下

作　　　者：衛斯理(倪匡)

文 字 整 理：耿啟文

繪　　　畫：鄺志德

助 理 出 版 經 理：周詩韵

責 任 編 輯：陳珈悠

封 面 及 美 術 設 計：BeHi The Scene

出　　　版：明窗出版社

發　　　行：明報出版社有限公司

　　　　　　香港柴灣嘉業街 18 號

　　　　　　明報工業中心 A 座 15 樓

電　　　話：2595 3215

傳　　　真：2898 2646

網　　　址：http://books.mingpao.com/

電 子 郵 箱：mpp@mingpao.com

版　　　次：二〇二二年二月初版

I S B N：978-988-8688-30-2

承　　　印：美雅印刷製本有限公司